MÉLANGES

POÉTIQUES

PAR

L'ABBÉ FIRMINHAC

1855.

BORDEAUX,

IMPRIMERIE DE JUSTIN DUPUY ET COMP.,

Rue Margaux, 44.

1855

MÉLANGES

POÉTIQUES

PAR

L'ABBÉ FIRMINHAC.

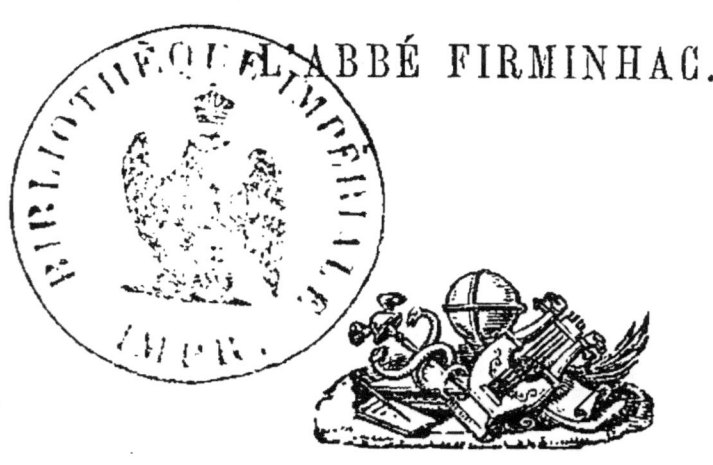

BORDEAUX,

IMPRIMERIE DE JUSTIN DUPUY ET COMP.,

Rue Margaux, 11.

1855

MÉLANGES
POÉTIQUES.

NAISSANCE DU CHRIST.

Plaudite mortales; fas est sperare salutem :
Plaudite, et angelicæ cantus conjungite voci.
Lethiferas toto quæ pellet ab orbe tenebras
Lux oritur, verum vero de lumine lumen.
Nascitur ille deus quem tot cecinêrè prophetæ !

Nascitur ille dedit vitam qui vivere nobis !
Factus homo deus est , fecundaque virgo sub auras
Emisit ; deus humano mirabilis ore ,
Non miranda minus castâ sub virgine mater.

Blande puer, nosterque deus, quæ tanta relicto
Te cœlo terras invisere causa coegit ?
Solus amor..... nostroque venis avertere collo
Infernale jugum pacemque referre paternam.

Pastores veniunt, pueri veniamus et ipsi
Ad præsepe alacres, veniamus, nostraque nostro
Quæ poscit regi pro munere corda dicemus.
Mirandum ! latè per quem sunt omnia mundo ,
Qui dat opes populis, pictas qui regibus aulas ,
Ipse jacet fœno , sub tecto paupere pauper,
Dum vix inclemens divino a corpore frigus
Hinc bos inde asinus junctis afflatibus arcent ,
Ipsaque panniculis natum fovet anxia mater.

O crudelis hyems tantis sevire procellis
Parce , deumque precor ne flatu læde Deorum.
Friget qui nimbos tempestatesque gubernat !
Obmutesce aquilo , mutentur et omnia ; cœlo

Fulgeat alma dies, et molli flamine tellus
Effundat varios flores cunabula circùm,
Ipsa quoque advenias ex omni fine volucrum
Turba, novusque sonet pueri concentus ad aures.

O Puer alme, deus nobis, ex mente fatemur,
Semper eris, nostrumque tui tibi amoris amorem
In pretium sacramus; amor debetur amori.
Salve sancte puer, nostrî, deus, accipe donum :
Salve sancta parens et nostris annue votis.

A MARIE.

O quæ sidereâ cæli dominaris in arce;
Quæ gemmis auroque nites, et purior ipso
Sole, coruscanti respergis lumine olympum;
O quæ te pronâ venerari fronte cohortes
Despicis angelicas, solio sublimis ab alto :
O spes, oque Deus, nostrûm, ò dulcissima mater

Omnibus : Ecce miser supplex tua nomina poscit
Auxilioque vocat ; propiùs res aspice nati :
Tu potes infernum conjuratasque catervas
Opprimere , atque omnes hostis frustrarier artes.
Debilibus tu ferre animos, tu gaudia mœstis,
Tu nova jam victos armare in prælia natos,
Surge igitur , pereo ; ô quam fœta procella ruinis
Exoritur ! quot bella mihi , quot bella minantur !
Surge , et composito fluctus sub corde quiescent.
Me pennis suppone tuis, et vulturis unguem
Nec metuam , dentem nec formidabo luporum ;
Virgineam prætende manum , me dirige filo,
Dædaleosque sequens , mundi feliciter orbes
Evadam , dabiturque beatam attingere sedem.

ÉLOGE

DE

Monseigneur Daviau Du Bois de Sauzai.

-⦿-

Bazas, 1820.

Ut tibi, care parens, natorum turba tuorum
Dum novus annus adest, testari vellet amorem !
Nos tua dona patris suadent te dicere patrem ;
Sed quâ voce animi flagrantes reddere sensus ?
Quisque hodie nostrûm tibit dicit, amamus, amamus.
Possumus hoc tantum, nostri, pater, accipe donum.
Possemus votis etiam ! ô si nostra valerent
Vota : preces, deus, ut juvit tibi fundere tales !

O qui fata hominum cœli moderaris ab arce,
Dasque secasque dies, qui præmia digna daturus

Virtuti! et qui jam surgit fluat aureus annus,
Et plures annos olli superadde, precamur,
Per quem discedens pietas vestigia nostris
Littoribus pressit ; qui relligionis honorem
Curæ habet intrepidus ; quem gallia tota veretur,
Quique piæ gentis tibi fundamenta locavit.

O præsul venerande, pater bone, talia cœlum
Poscimus. Ecquis amor tibi solvere possit amorem ?
Ecquis amor posset tua plurima solvere dona ?
Sic tua diligimus nos inter facta referre.
Nuper et in binas partes secesserat omnis
Turba chori, et cecinit primùm simul, inde vicissim.

CHORUS OMNIS.

Laudes quisque canat præclaraque facta parentis,
Quisque canat, nullus debet modus esse canendi.

PARS PRIOR.

Ille voluptatis puræ nos misit in hortum
Flamine mundus ubi florum non fœdat honores
Virgineos, nobis ubi relligionis amorem

Dat bibere, et suaves pietatis ducere limphas.
Vivat! io vivat! bis vivat Nestoris annos.

PARS POSTERIOR.

Ille bonus pastor, multis multoque labore
Finibus educens, nos per sacra gramina pascit,
Nullus ubi dentem locus extimuisse luporum.
Qualia propter aquas felicia lilia crescunt
Tegmine sub lauri, et dum sol coquit igneus agros,
Servant virgineos illæsæ frontis honores;
Haud aliter dum tetra lues grassata, veneno
Inficit humanas lethali semine mentes,
Possumus illæsum servare a labe nitorem.

PARS PRIOR.

Alter nos mundi metuenda per æquora typhis,
Vellus et ad melius ducit; quocûmque sequamur,
Et vitæ æternæ læti potiemur arenâ.
Nostra regit cæca exempli vestigia filo,
Quo liceat vitæ obscuris evadere gyris
Quo liceat cœli Felicem attingere sedem.
        Vivat io! etc., etc.

1*

PARS POSTERIOR.

Laude sonant urbes, tam docto Ecclesia gaudet
Præsule, et Ambrosium credit reviviscere; mentes
Non fallit species, hic namque est alter ab illo.
Quis dignas meritis possit persolvere laudes?
Illius neque recta fides, neque candida mentis
Simplicitas, sanctæ neque vasta scientia legis
Voce cani possunt, neque virtus inscia fuci,
Blanda senecta neque et præclara modestia vultûs.
Vivat io vivat! cui donec vita manebit,
Aurea relligio præstabit tempora nobis.

PARS PRIOR.

Quantus paupertatis amor! solatur egenos
Voce, opibus; dum pauperibus juvat, ipse fit ipso
Paupere pauperior, cuncti experiuntur amicum ;
Quam nos nemo magis mentes et corpora nutrit.
Vivat io! etc., etc.

PARS POSTERIOR.

Antè ergò ad fontem celer amne garumna redibit ,
Oceanusque suas penitùs siccaverit undas,

Quàm nostro illius cedant e pectore dona.

Vivat io! etc., etc.

PARS PRIOR.

Antè levi zephiro durissima corruet arbos,
Antè ferox boreas depinget floribus agros,
Quàm nomen laudesque tuas obliteret ævum.

Vivat io! etc., etc.

Hæc cecinere, simulque chori plaudente coronâ,
Assenserê omnes, et bis repetita placebant.
Vivat io! vivat! cui donec vita manebit,
Aurea relligio præstabit tempora nobis.

Arbor, homo similes, sors contigit una duobus.

Hostibus innumeris obnoxia nascitur arbor,
Quam calor aut frigus nimium, quam lædere venti
Aura potest et vivificos exurere succos.

Sic hominis pueri cunabula turba malorum
Obsidet; hunc morbi, dolor, et mala flumina lactis
Interimunt, lucique oculos citò claudit apertos.

Si medias inter spinas surrexerit arbos,
Quâque die malè culta perit, spinisque lacessit
Sæpè manum, quæ debuerit dare poma legenti.

Haud secus infantem si tristior, improbus hostis,
Circumdet, mortem puer ebibit, et malus ipse
Cui bona debuerit patriæ dat crimina genti.

Arbor mollis adhùc, tenerà radice revulsà,
Sæpè cadit, primà cum fronde virescit adulta,
Atque aliquos domino fructus promittit in annos.

Non aliter juvenis, vitæ compage solutâ,
Morte perit subitâ, dotes cùm firmior ætas,
Attulit egregias, spes fit cum certa suorum.

Hæc in colle sedens aquilonum flatibus arbos
Jactatur, nutatque brevi casura sub euro;
Ramos nuda suos, non ludos cernit agrestes,
Non audit calamos, etenim non allicit umbra.

Hanc in valle fovet felicior aura favoni,
Et ramos volat inter avis, festisque diebus
Illius choreas exercet pastor ad umbram.
Frontis honos abiit? simul effugere choreæ,
Fugit avis, nemoque manet, sors omnia mutat.

Sic inter homines fortunæ casibus ille
Turbatur magis atque magis, quem poscit amicum,
Nemo sibi, nemo vultu cui ridet amico;
Auro namque caret sibi quo dare possit amicos.

Ille autem sortis felici flamine dives,
Diffundit velut arbor, opum quasi brachia latè,
Quarum se populus sub amicâ subjicit umbrâ :
Virtutes habet, ingenium et quæcumque probantur.
Iratæ sortis sed sentiit ille reflatum?
Turba fugit, mutatque lares, nova signa secuta est.

Arboris annosæ nequicquàm limpida truncum
Limpha rigat, veteres nequicquàm flamine ramos
Allambit zephirus, perit illa....., caditque repentè.

Sed prostrata jacet non mortua , namque resurget
De radice brevi fundetque nepotibus umbram.

Nequicquàm pariter senis omni filia curâ
Membra fovet ; frustrà ad votum dat cuncta volentis ;
It tardus languetque miser...., conduntque sepulcro ;
Sed non vità abiit , mutavit limina vitæ.

LES BERGERS.

Hìc dum propter aquas patulâque sub arbore solus,
Tristitiam memoro refovens in corde dolorem ,
Vici pastores, gens prorsûs libera curis ,
Et virtutis amans, per pascua læta petulcas
Pascis oves , ducisque dies in pace beatos.

Desuper omnipotens manibus sua munera plenis
Effundit , simplexque tuis natura diebus
Pura lege præest ; passim tibi prodiga fundunt
Messes arva sinu ; rivique in vallibus imis

Amne fluunt vitreo tibi pocula læta parantes,
Et molles somnos levibus vocat unda susurris.

Pars anni regina, rosis ver tempora cinctum,
Vobis, pastores, muscosa cubilia præbet,
Vestit fronde nemus, depingit floribus herbas.
Floræ blandus amans vobis dat mollia lucis
Frigora, quosque tulit flores innoxius aurâ
Lambit, et ambrosium campis effundit odorem.

Inde refert caput autumnus, fessæque laborant
Vobis fruge pyri; dùmque horret frigore tellus,
Ardentem antè focum dulci cum prole sedetis
Orbe dato, et boreæ sævas comtemnitis iras.
Vobis nulla subest pecoris nisi cura, pecusque
Vobis lacte fluit, deponit vellera vobis,
Hisque opibus satis est; expertes ducitis annos
Curarum stimulis, securâ mente quietos.
Leniter umbroso qualis quæ purior alveo
Labitur, et numquàm præterfluit unda canalem,
Cum sonituque cadens, fugit indeprensa per herbas
Flore rubecentes, numquam metuendus in amnem
Reptilis irrepsit nitidum, sed enim agmine molli
Semper rivus abit, numquam furit impete torrens.

Sic fortunato vestrorum summa dierum
Cursu progreditur, quos necnon cura dolorque
Infudisse atris numquàm sunt ausa venenis.

O quàm fortunata fluunt tibi tempora pastor!
Quod minùs abfuerint nostris si numina votis,
Natus pastor eram, deque omni parte beatus
Propter aquæ rivum nemorosæ collis in umbrâ
Dulcia vos inter libassem gaudia vitæ.
Sed pastoralis cum grata oblivia vitæ
Fata negent irata mihi, cui vivere nunquam
Fas fuit inter vos, sit saltem ponere vitam :
Ergo cum tumulus recluderit ostia nobis
Gens mortalis ubi dormit sub nocte silenti,
Æraque supremam tristi clamore monebunt
Advenisse diem, gens, ô carissima, nostros,
Pastores, notâ cineres deponite valle,
Solus ubi toties et mecum multa volutans
Flammivomum adversùs quæsivi umbracula solem.

Hìc rivum juxtà puris qui mollior undis
Flore superstrato pigré decurrit in alveo,
Riparumque levi delambit littora tactu,
Hìc simplex surgat monumentum ; ars illud agrestis

Ornet opus, cultuque suo natura decoret.
Hoc dein vicinâ ponetis in arbore carmen :

Illi pastores, virtus et carmina cordi.

1830.

A MONSIEUR FIRMINHAC.

Jam propera, hìc adsum, fugit irreparabilis annus ;
Ne mihi, te inviso lucescant festa decembris,
Inque salutato jam pridem vate et amico.
Neu quin te videam novus anni appareat ordo ;
Te sine nil altum mens inchoat, aut lyra cantat,
Hìc pulchras sedes, noti sub margine dropti 1,
Indulgens studiis haud quaquàm ignobilis otî
Dum venias ad nos te, dulcis amice, manebo.

Beau-Séjour, 5 décembre 1837.

LE COMTE DE MARCELLUS.

1 Le Drot.

RÉPONSE.

Ibo, tuas sedes et littora nota videbo,
Hæc spes, hoc votum, dulcis amice meum.
Mollia sunt etenim inter se commercia vatum;
Tu verò utilior, docte poeta, mihi.
Fas erit ô quandò te vatem audire loquentem,
Atque bibisse tuos fas erit aure modos!
Antè utinàm liceat veniant quàm festa decembris;
Sed quid fallor? Iter festa propinqua vetant.
Proxima namque ferunt rectori festa laborem,
Nascenti ut faciat pectora munda deo;
Parce, pius, mihi quæso, novus cum fulserit annus
Tunc adero et votis teque tuosque sequar.

Sauternes, 10 décembre 1837.

FIRMINHAC.

ÉPITRE A M. LE CURÉ DE PAREMPUYRE.

12 mai 1846.

Fas erit, ô quandò magnum transcurrere flumen
Limosasque legens, ranarum regna, paludes,
Sole Parempyreum maturo attingre vicum,
Et sacrâ tandem gressum consistere portâ !
Vix loquor, auditur mea vox in limine primo,
Namque canis volat edoctus benè ; meque benigno
Vestem dente premens, in cellam ducit amici.
Junguntur dextræ ; libamus mutua fronti
Oscula ; tum sedeo componens membra quieti,
Dum ventri à famulâ jejuno cœna paratur.

Mensa nitet simplex ; hîc inter dulcia vina
Dulcia funduntur pleno de pectore verba ;
Pax, bellum, legesque gravi sermone moventur,
Carmina vel legimus, miscentes seria ludis.
Quid cum dempta fames ? Per florea prata, per hortum
Imus, et obliquos calles ambage viarum

Cunctanti sequimur pede, necnon passibus æquis :
Dum philomela modos immurmurat ore rotundos,
Dum magnum celebrat castelli nobilis hospes
Ære cavo regem et latè loca cantibus implet.

Quid cum per campos Matha properamus ad ædes ?
Hic plumbo lepus occisum est ; hàc horridus anguis
Arrectà cervice, trahensque volumina caudæ
Antè viatorem pertransiit : alterum in herbà
Propter aquæ rivos, monstrum tua dextra trucidans
Informe, immensum madefactà extendit arenà.

Ingredimur tandem noto tibi tramite silvam :
Miramur quercus veteres, pinusque sonoras
Quæ molles nostris infundunt frontibus umbras,
Et resonant avibus : miramur gramina passim
Et stagna et fontes, et multa rosaria ripis ,
Et salices sparsis lambentes crinibus undas.
Ardenti jam sole, suos matrona per hortos
Serta legens, nobis venit obvia ; floresque
Ostentans varios, sua nomina floribus addit ;
Et comis hospes adest et ducit in atria fessos
Et dapibus reficit fallens sermonibus horas.

Quid dicam ludos queis est victoria raro
Parta tibi? globulos nescit tua dextra movere.
O te infelicem! ô quantum sub pectore vulnus!
Surgamus, lætique abeamus propter aquarum
Flumina, vermiculos mittentes piscibus escam;
In ludis victus, felix piscator abibis.
Quàm patiens stagno manus inclinata recumbit!
Quàm lætus retrahis magnos de flumine pisces
Dexter et attonitos suspendis fune ciprinos!
Dùm traho pisciculos in molli cespite anhelos,
Incassùmque auras rubicundâ nare trahentes;
Dùm loquor, amisit varios natura colores
Noxque ruit cœlo; nunc dulcia linquere tecta
Hora jubet; dominos votis salvere jubemus,
Ad sacramque domum, per amica silentia lunæ
Tendimus, et dùlci libet indulgere quieti.
Fas erit ô quandò magnum transcurrere flumen
Et notâ gressum tandèm consistere portâ!

———

Renaud surmonte l'enchantement de la forêt.

Jam Bertholdiades socios ubi monstra fugârant
Pervenit, sed talé nihil remoratur euntem.
Sylva autem sibi visa novis revirescere ramis
Et mollem foliis præbere recentibus umbram.
It præter, sonitus cùm lene susurrat ad aures.
Dulcis murmur aquæ, et prochnes vox mœsta sororis,
Syrenumque modi et doctæ modulamina chordæ,
Concentum efficerent : subiti miracula monstri
Stat miraturus, mox gressu incedit eodem
Usque ad sylvæ aditum, quam conspicit amne profundo
Vallatam ; patulo mollis fluit unda canali,
Densaque floriferas depingunt gramina ripas :
Per nemoris medium fluvii deflexus ab alveo
Ramus abit, truncosque fovet felicibus undis,
Frigori et arboreo frigus confundit aquarum.
Dùm secum ulterius qui possit tangere littus
Cogitat, antè oculos subitò pons ecce superbus ;
Quem celer invadit, sed vix lætatur arenâ,
Frangitur à tergo, ingentique fragore ruit pons.

Respicit, undarumque videt ludibria pontem.
Qui fluvius modo tranquillus, furit impete torrens.

Ardens majoris tentare pericula casûs,
Littore discessit sylvâque subivit opacâ.
Quercubus annosis quorum decussit honorem
Tempus edax, veteris renovata est gratia formæ,
Frons densa et viridis, stillant de cortice mella.
Hinc rivi atque indè inter odoras floribus herbas
Limpidulis labuntur aquis; incedit ut heros,
Passim gramineis flora exposuisse tapetis
Certat opes, certat flavum humida turba capillum.
Quæ confusa antè attentas percusserat aures,
Jam vox clara sonat, cupido tum lumine lustrat
Omnia, sed quercus circumundique et undique quercus
Prodiit unde sonus? cytharæ quâ parte sonârunt?....
Hìc oculos sophiâ natus dùm flectit et illùc
Attonitus, sese patulâ obtulit obvia sedes
Angustum quô ducit iter; medio consurgit ad auras
Myrtus opaca ingens, sylvam quæ despicit altâ
Fronte humilem, effundens lætissima brachia circùm.
Dirigit hùc juvenis gressum; at mirabile visu!
Reginæ propior myrto discinditur arbos
Una, simulque exit formâ pulcherrima virgo,

Insignisque habitum ; reclusis undique rimis ,
De totidem arboribus centum exiluêre puellæ
Ornatu non dissimiles , non ore secundæ.
Dant cirro undanti per lactea ludere colla
Cæsariem , et picto vincitur sura cothurno ,
Collectæ nodo vestem , nudæque lacertos.
Non aliàs olim Cinthi per culmina nymphas
Erravisse ferunt : illis gestare pharetram
Mos fuit , hæ verò systrumque lyramque gerentes
Taliaque arma manu , chordas cum voce movebant.
Undique turba ruit præceps , myrtumque coronâ
Cingit , et effuso juvenem obsidet orbe ; choreas
Exercent socias et vocis carmine sylvam
Concordes feriunt « ô Eques formosior ! Ægrè
Quàm jucunda feres reginæ gaudia nostræ !
Vix ades , et nemoris tenebrosus vanuit horror :
Sic curas regina et edacem corde dolorem
Te ponet præsente ; » gemens tùm ducere myrthus
Visa sonum ; gremiique simul secreta recludens ,
Enitet antè oculos mulier spectabilis , almo
Flore venustatis , præ quâ driadesque puellæ
Pallescant , pudeatque deas nemora alta colentes.

Femineum vultum juvenis perlustrat , et ipsam

Armidam novisse putat, nec ludit imago ;
Tartareis sed enim Armidam de fratribus unus
Induit, illa oculis venientem læta pererrat
Languidulis ; et « te tandem post longa revisam
Barbare ! adis tandem spretam et te semper amantem !
Verum quid reditus mihi nuntiat iste ? dolore
Discessum anne venis luere aut super addere probra ?
Hostis ades vel amans ? non hostem heu ! sum rata adesse
Cùm tetros mutare locos et spargere juvit
Flore tibi gressus ; ô si non hostis ! et ora
Quidne videre sinis ? galeam, precor, exue fronte,
Luminibusque legam lateant qui pectore sensus ;
Aut saltem oblatæ dextram des jungere dextræ. »
Fando cupidineos oculis testantibus ignes
Tentabat juvenem ; at silices quæ verba moverent,
Immotum invenêre virum, stat pectore firmus,
Nec durus quamvis, prudens tamen, omnibus omnem
Obstruxit verbis aditum, nec vocibus aures
Usque dedisse ferens, strictam impiger eripit ensem
Et myrthum accedit convellere : « Parce ferire
Parce, ferox, myrthum, clamat, mihi charior arbos.
Seque interponens ; priùs obvia pectora ferro
Tentanda, et nostro quærenda est sanguine myrthus. »
At precibus dextram spretis et fletibus, heros

Erigit ; horrendo simûl æthera tota fragore
Misceri, et circùm tellus concussa moveri,
Atque implere auras mugitibus ; ecce giganti
Sedem Armida dedit, nimphæ mutantur et ipsæ
In centum cyclopes iniquâ mole tremendos.
Hìc manet impavidus conjuratamque catervam
Solus habet, myrthumque ferit ; gemit arbor et ille
Ingeminat, medio cædit quam denique trunco.
Continuò tonitru silet, et sine nube refulget
Pura dies, tellusque locum firmata recepit.
Myrthus abit totoque abeunt phantasmata luco.

Ille suis : « Veni, vidi, victoria cessit. »

A M. LE CURÉ DE PAREMPUYRE.

16 août 1849.

Ami, versez des larmes
Sur le sort d'un ami,
Qui, toujours sous les armes,
Vit et pense à demi.

Loin de nos humbles plaines
Qu'infectent les haleines
Du maudit choléra,
Je rêvais les montagnes
Qui bordent les Espagnes,
Grenade, l'Alhambra,
Courses et promenades,
Lacs bleus, glaciers, cascades
Où l'iris resplendit ;
Puis Royan, ses rivages,
L'océan, ses orages ;
Et tout m'est interdit !

Que de fois les nuages
Qu'emportent les zéphirs,
Aux poétiques plages
Emportent mes soupirs !
Que de fois dans mes songes,
Dans un monde lointain
Je m'ébats ! Doux mensonges
Envolés au matin !
Et captif, je dévore
Mon étroit horizon,

Qu'étrécissent encore
Le devoir, la raison !

Et mon âme réclame
En vain la liberté !
Je sens mourir sa flamme
Et tomber sa fierté,
Comme on voit d'une plante
Se faner la beauté,
Sous la chaleur brûlante
Qu'exhale un jour d'été.
Et le travail m'oppresse,
Et la foule sans cesse
M'environne de bruit !
Pourtant, la solitude,
Le silence, l'étude,
Le calme de la nuit,
A ma santé si frêle
Iraient si bien !..... Heureux,
Loin d'un monde infidèle,
Qui peut, à tire d'aile,
Fuir au gré de ses vœux !
Et là, dans un asile
Connu de l'amitié,

Vivre pauvre et tranquille,
Des méchants oublié!
Qui n'aime dans l'orage
Le sûr abri du port?
Qui n'aime l'ermitage
Où l'on attend la mort?
Des tendres tourterelles,
Des colombes fidèles,
Qui n'aime dans les bois
Les doux battements d'ailes
Et les plaintives voix?
Qui n'aime un lys superbe
Dans le vallon secret?
Ou l'humble fleur dont l'herbe
Nous dérobe l'attrait?

Mon ami, quand pourrai-je
Prendre vers vous l'essor?
Mon ami, quand verrai-je
Vers moi, de votre bord
Venir la voile blanche
De la barque qui penche
Sur le fleuve qui dort?

J'ai traversé l'espace.....
Me voilà face à face !
Riquiqui fait le fou,
Va, revient, me caresse ;
La servante s'empresse,
Court, vole on ne sait où.

Billard, escarpolette,
Déjeuner sans toilette,
En robe du matin ;
Dîner sans étiquette,
Bonne mine, bon vin ;
Savantes causeries,
Sommeil dans les prairies,
Doux propos du jardin ;
Puis, dans nos bréviaires,
Psaumes, leçons, prières.....
Mais ce sera l'Eden !!

Le jour suivant, quand l'aube,
Prenant sa belle robe
De pourpre et de satin,
A nos yeux viendra luire,
Au sud de Parempuyre

Nous prendrons le chemin
Du beau manoir qu'habite,
Non pas un cénobite,
Mieux, un sage mondain.

La vertu, la noblesse,
Le goût, la politesse,
La grâce, le savoir,
Font gaîment aux convives
Qui viennent des deux rives
Les honneurs du manoir.

On prie à la chapelle,
On se promène au bois ;
Ici, de Philomèle
On écoute la voix ;
Là, dans les fraîches ondes
Frétille le poisson,
Qu'en ses grottes profondes
Va tenter l'hameçon.

Plus près on respire
Le parfum des fleurs ;
L'œil surpris admire

Leurs mille couleurs.

Les brises frémissent,
Les plantes fleurissent,
Et les fruits mûrissent
Toujours en ce lieu ;
Car toujours les maîtres
De ces bords champêtres
Aiment, bénissent Dieu.

Mon ami, quand pourrai-je
Prendre vers vous l'essor ?
Mon ami, quand verrai-je
Vers moi, de votre bord
Venir la voile blanche
De la barque qui penche
Sur le fleuve qui dort ?

A MADAME DE MATHA.

Les Hirondelles.

29 juin 1851.

Une charmante rêverie,
Hier, au doux tomber du jour,
Nous conduisait dans la prairie
Dont s'embellit votre séjour.
Quelle scène! cinq hirondelles,
Jeunes enfants du même nid,
Oiseaux que le Seigneur bénit,
S'étaient posés, ailes contre ailes,
Et dormaient sur les rameaux frêles
Du saule qui pend sur les eaux.
La brise agitait les roseaux,
L'insecte, parmi la verdure
Bourdonnait, et par son murmure
La source charmait leur sommeil,
Pendant que sur leur brun plumage

Tombaient, à travers le feuillage,
Les reflets d'un rayon vermeil.
Loin des caresses maternelles,
Loin de leur nid, que rêvaient-elles,
Nos jeunes et timides sœurs?

La chansonnette harmonieuse
Annonçant l'aube radieuse?
Le toit natal et ses douceurs?
Peut-être : mais tout se compense
Ici-bas, les biens et les maux.
L'hymen futur, l'indépendance,
Le lac brillant près des hameaux,
L'air pur du ciel, l'espace immense,
Tentaient, je crois, l'adolescence
Du jeune essaim sur les rameaux.

Comme le ruisseau suit sa pente,
Tout être doit suivre sa loi ;
Tout être, toute âme vivante
Doit toujours marcher devant soi :
Est-ce assez pour la fleur d'éclore?
Non ; elle doit s'épanouir.
Pour que le jour suive l'aurore,

L'aurore doit s'évanouir.

Si le vent du ciel nous emporte
Des bords où nous vîmes le jour,
Disons : Mon âme, soyez forte ;
Car, si Dieu nous aime, qu'importe ?
Notre étoile, c'est son amour.
Sur la rive où sa providence
Par la main nous aura conduits,
Nous verrons fleurir l'espérance
Et du bonheur mûrir les fruits.

Comme ces douces hirondelles,
Jeune fille, au front pur et beau,
Quittant les rives paternelles
Pour suivre d'hymen le flambeau,
Vous avez replié vos ailes
En ce séjour aimé des cieux ;
Bénissez vos destins propices,
Et sans oublier les délices
Des bords où s'ouvrirent vos yeux,
Goûtez à longs traits les prémices
De la pure félicité
Que Dieu réserve en sa puissance
A la candeur, à l'innocence,

Et même à l'aimable beauté.

Dans le sein de votre retraite,

Cachés à la foule indiscrète,

Vos jours, sous ces riants berceaux,

Couleront, comme en la prairie

Coulent, parmi l'herbe fleurie,

Les eaux limpides des ruisseaux.

Dépouillant son deuil, sa tristesse,

Aux yeux de sa jeune maîtresse

Le parterre refleurira ;

Les zéphirs vous seront fidèles,

Et tous les ans, aux fleurs nouvelles,

En revoyant les hirondelles,

Votre cœur se réjouira.

L'expérience, la sagesse,

Sous les traits d'un noble vieillard,

Entoureront votre jeunesse

De vertus simples et sans art.

L'amour, sous les traits agréables

D'un époux tendre et vertueux,

Par des soins délicats, aimables,

Saura prévenir tous vos vœux ;

Et les amis de la famille,
Visitant cet heureux séjour,
Parfois diront sous la charmille :
Jeune épouse, chaste et gentille,
Que Dieu bénisse votre amour ! !

LA PÊCHE DE PAREMPUYRE.

A Monsieur ***.

Mai 1854.

Le ciel est beau, l'air calme et l'heure favorable.
Munis du déjeuner, nous nous levons de table ;
Frais, joyeux et dispos, l'un par l'autre animés,
Nous partons, d'un filet et d'une perche armés.

Nous nous acheminons à l'est du presbytère ;
Voici des grands marais l'enceinte solitaire :
Ne vous figurez pas un désert sans beauté,
Où règne le silence, où l'air est infecté ;
Non, cette solitude a pour l'œil ses merveilles,
Et les bruits les plus doux y charment les oreilles.

3

La brise printanière, en effleurant les eaux,
Disperse sur ces bords les soupirs des roseaux;
La voix de l'alcyon, la voix de Philomèle,
Au chant de la fauvette et du linot s'y mêle;
Et progné tout le jour, en son vol gracieux,
De cris vifs et perçants fait retentir ces lieux.
Cailles, merles, pluviers, ici viennent s'ébattre;
Et le cor du chasseur, et le cornet du pâtre,
Exhalant, tour-à-tour, leurs sons retentissants,
Y font gémir l'écho de leurs rauques accents.

Même je ne hais point les voix dures, étranges,
Du peuple coassant au-dessus de ses fanges;
Basses-tailles des bruits qui passent dans les airs,
Mon oreille se fait à leurs lointains concerts;
Et je ne voudrais pas, second abbé de Prume [1],
Lorsque la nuit descend en long manteau de brume,

---

[1] L'abbé de Prume était seigneur de Luxeuil. (Voir *la Guienne* du 24 mai 1854.)

La noble dame Contor de Caupenne est qualifiée dame de Parempuyre dans un titre de 1403. Elle était épouse de Arnaud de La Mothe, seigneur de Roquetaillade.

L'île d'Arès, qui fait partie de cette paroisse, était une seigneurie appartenant à M. de Ségur de Cabanne.

Par mes gens, à grand bruit, voir battre les marais,
Criant, pour m'endormir : Paix, paix, rainote, paix.
Aussi n'ai-je pas lu qu'en fouillant nos chroniques,
Et des droits du seigneur exposant les rubriques,
Dupin ait accusé de Caupenne ou Ségur
D'exiger de leurs serfs un service si dur.

Pour les yeux quels tableaux ! S'allongeant en allées,
Les saules, sur deux rangs, de leurs branches mêlées,
Versent l'ombre légère et la molle fraîcheur
Sur l'onde qui les baigne et le front du pêcheur.
Les contours des sentiers, leurs bordures fleuries,
En immenses carrés divisent les prairies,
Où la nature étale aux regards enchantés,
Et sa force, et sa grâce, et ses mille beautés.

Ici, les nénuphars, sur le miroir des ondes,
Étendent mollement leurs larges feuilles rondes,
Et leurs brillantes fleurs, ouvertes au soleil,
Reposent sur l'azur leur calice vermeil.
Là, dans ce vaste enclos, où tombe un jour moins pâle,
L'iris, le bouton d'or, la jaune émérocalle,
Sèment les tapis verts des plus riches couleurs;
L'herbe à peine y paraît sous leur réseau de fleurs.

L'insecte au bleu corsage, aux diaphanes ailes,
Dort, ivre de parfums, sur leurs fraîches dentelles,
Pendant que dans leur vol, en légers tourbillons,
Comme des fleurs au vent, brillent les papillons,
Emblêmes du désir qui jamais ne se pose,
Aspirant au bonheur, effleurant toute chose.

Plus loin, le jonc vivace et les jeunes roseaux
Recèlent un trésor dans le sein de leurs eaux.
Le ver dont parle Horace en son *Art poétique*,
Qui se repaît du sang de l'homme pléthorique,
Semé dans un terrain toujours humide et frais,
Multiplié sans nombre, a peuplé ces marais.
Voilà ce que peut l'homme et son heureux génie !
Un sol abandonné devient Californie.

Nous commençons la pêche : entre un double fossé
S'ouvre, en forme de digue, un chemin exhaussé.
Aux lièvres aux longs becs, le Nemrod redoutable,
Aux tanches, aux brochets n'est pas moins formidable.
Il brandit une perche : il est sublime à voir !
Dans son œil enflammé se peint un noble espoir.
Botté comme un gendarme au front de la bataille,
Il porte un frac léger qui lui serre la taille,

Tandis qu'un vieux chapeau l'ombrage de ses bords.
Un noble instituteur seconde ses efforts :
Chasseur déterminé, rival heureux de pêche,
Il n'attend qu'un signal pour monter à la brèche.
Moi, mon rôle est passif : je prends une leçon,
Et porte le sac vide où viendra maint poisson.

Quel mouvement soudain des eaux ride la face ?
C'est, je crois, un brochet, une anguille qui passe.
Le filet est jeté de l'un à l'autre bord :
On recule à vingt pas ; puis, d'un commun effort,
Les perches avec bruit sondent les eaux dormantes,
Font bouillonner leur nappe en bulles écumantes,
Et portant la terreur chez les pauvres poissons,
Les forcent à sortir de leurs froides maisons.
Au filet ! au filet ! une anguille l'agite.....
On le saisit d'un bout, on le tire au plus vite ;
Une minute encor, et glissant des réseaux,
La captive fuyait, libre, dans ses roseaux.

Combien un seul moment change nos destinées,
Et les fait à jamais sombres ou fortunées !
Une heure, c'est l'écueil ! une heure, c'est le port !
Un moment, c'est la vie ! un moment, c'est la mort !

L'anguille gît au sac ; immobile, superbe,

Un brochet endormi sous le voile de l'herbe,

Plus loin, presque à fleur d'eau, se montre à nos regards ;

Il affronte sans peur nos rires, nos brocards.

Nemrod, d'une arme à feu soudain arme sa droite ;

Il l'ajuste, et lancé de sa demeure étroite,

Le plomb, au sein des flots va frapper l'insolent :

Il étale à nos yeux son ventre étincelant.

Un bravo, trois hourras, signalent notre joie :

Déjà nous dévorons la succulente proie.

Halte-là ! le brochet nous passe sous le nez,

Et nous laisse tous trois confus et consternés.

Nous récitons en chœur la fable de Perrète ;

Le beau poisson d'avril ! et la poële était prête !

L'amour-propre piqué, la haine, le dépit,

Sont mauvais conseillers, plus d'un sage l'a dit ;

La douceur est souvent plus forte que la foudre ;

Mais l'homme impatient veut tout réduire en poudre.

Si notre ami, du sage eût suivi la leçon,

Dans nos rets, à coup sûr, tombait le beau poisson.

Mon pêcheur converti dépose le tonnerre ;

D'ailleurs, il voit d'Hamon luire le cimeterre.

Faut-il à nos statuts ajouter un canon ?

Tirer sur des brochets, est-ce chasser ou non ?

Nos héros, pleins d'ardeur, suivent leur entreprise :
Un mouvement subit nous annonce une prise :
Je m'élance, et je vois un habitant des eaux
Secouer du filet les morbides réseaux.

Vains efforts ! le voilà sur la fraîche verdure,
Bondissant, humant l'air, la belle créature !
C'est encore un brochet blanc, large, bien nourri,
Mets délicat et fin, digne d'un favori ;
Il doit peser au moins deux tiers d'un kilogramme ;
En l'honneur du captif nous montons une gamme,
Et nous partons. Les bois, les prés, à nos regards,
En aspects variés s'ouvrent de toutes parts.

Tout le jour, les taureaux, les génisses superbes,
De ces marais fleuris foulent les hautes herbes ;
Un long contour décrit la voie où nous marchons.
Longtemps, longtemps encor, mais en vain, nous pêchons ;
Aux gais propos déjà succède le silence.
Comme Achille pensif appuyé sur sa lance,
Le terrible Nemrod, sur sa perche appuyé,
Baisse nonchalamment un front pâle, ennuyé ;
Et moi, d'un œil distrait, je suis aux bords des cieux
Le nuage léger qu'un vent capricieux
Emporte en se jouant, comme aux rives mortelles
Le sort roule nos jours sous le vent de ses ailes.

Puis, je prête l'oreille au doux bourdonnement
Qui monte des gazons de moment en moment :
Bruits purs, harmonieux, accords presque insensibles;
On dirait les soupirs des âmes invisibles.

Le jour pâlit, décline : à l'œuvre, à l'œuvre encor !
Peut-être serons-nous plus heureux sur ce bord ;
La foi d'un noble cœur impose à la fortune ;
Elle cède souvent à l'audace importune.
Aux armes! aux filets! Les filets sont tendus,
Et nos efforts suivis de fruits inattendus :
Deux brochets à la fois, de médiocre taille,
Montrent à nos regards leurs flancs où luit l'écaille ;
Ils plongent dans le sac : nous sommes inhumains.
Un autre citoyen tombe aussi dans nos mains :
C'est un républicain à la nageoire rose ;
Qu'est-ce, un républicain? Amis, c'est peu de chose.

La gaîté nous revient : elle suit le bonheur.
Mais quel succès brillant fait bondir notre cœur ?
Trois tanches d'un seul coup, grasses et rebondies,
O ciel! Dans leur prison soudain ensevelies,
De mon fardeau léger elles doublent le poids.
En avons-nous assez? Oui, même trop pour trois;

N'abusons pas des biens dont Dieu permit l'usage ;
Car le luxe et l'abus sont condamnés du sage.

Nous partons : le zéphyr balance les rameaux
Qu'étendent sur nos fronts les chênes, les ormeaux.
Salut, bosquet charmant ! salut, noble demeure !
Manoir du châtelain que Parempuyre pleure.
Combien de fois le soir votre écho gémissant
A redit les refrains du cor retentissant !
Combien de fois le pauvre, au fond de sa chaumière,
Du seigneur a béni la porte hospitalière !
Dieu posa sur son front le sceau de la douleur,
Et son âme grandit sous la main du malheur.

Nous voilà sur le seuil du riant presbytère :
Le dîner des pêcheurs suit bientôt la prière ;
Et quand le jour a fui de l'occident vermeil,
Nous cherchons le repos dans les bras du sommeil.

————

ÉPITRE A M. VÉCHAMBRE.

-֍-

12 novembre 1845.

Enfant de Rions ès-montagnes,
Je le sais, chacun a son goût :
Moi, je hais les humbles campagnes,
Vous les aimez par-dessus tout.

Vous aimez les riantes plaines,
Où les zéphirs, de leurs haleines,
Sèment la verdure et les fleurs,
Et vous oubliez la Véronne,
Et son onde qui tourbillonne,
Et sa truite aux vives couleurs !
Et sur l'émail de ses prairies,
Vos jeux d'enfant, vos rêveries,
Et le castel de Saint-Angeau,
Et des sarrazins le ruisseau,
Et sur le flanc de la colline
La roche qui pend en ruine,

Les vieux hêtres, les vieux sapins,
Qui, sous le choc des vents d'automne,
Rendent un bruit sourd, monotone,
Et forment comme la couronne
Des abîmes et des ravins.
Le doux pays qui vous vit naître,
Son aspect, sa beauté champêtre,
Par vous tout est presque oublié!

Ah! n'oublirez-vous pas de même,
Et ma personne qui vous aime,
Et l'heur de la vieille amitié?
J'en ai grand peur, fils de Riom,
O et presidium et dulce decus meum!
J'en ai peur, et j'aurais grand peine.
Que dans Olympe, sur l'arène,
D'autres guident un char poudreux;
Qu'au-delà des mers atlantiques,
Ils cherchent l'or qui rend heureux,
Ou se fassent un nom fameux
Par des faits brillants, héroïques;
Moi, si dans votre cœur je vis,
Si vous me couronnez de lierre,
Si dans les rangs de vos amis

Je n'ai pas la place dernière,
Je suis heureux comme je suis.
Fi des trésors et de la gloire,
Fi des grands renoms de l'histoire,
Je suis au céleste parvis !

A MONSIEUR ***,

SUJET A DE NOIRS ACCÈS DE MÉLANCOLIE.

1er avril 1841.

Lorsque la bise, à la fin de l'automne,
Effeuillera de nos bois la couronne,
Triste soyez : la brumeuse saison,
D'ennuis pesants charge notre horizon.

Alors on peut, sur les pâles prairies,
S'abandonner aux vagues rêveries ;
Alors on peut, à l'heure où vient la nuit,
Dans la forêt, loin du monde et du bruit,
Ouvrir son âme à la mélancolie,
Et méditer les malheurs de la vie.

Mais du printemps les jours délicieux
Doivent charmer les peines de l'année,
Et de beauté la terre couronnée
Doit nous offrir une image des cieux.

Loin les soucis, l'inquiétude sombre,
Fantômes noirs qui grandissent dans l'ombre;
Cueillons la fleur des innocents plaisirs :
La primevère et l'humble violette,
Aux frais vallons, dans les touffes d'herbette,
Naissent partout au souffle des zéphirs.
Faut-il gémir, alors que la nature
Etale aux yeux sa pompe et sa parure,
Et fait germer les arides déserts ?
Non : faisons trève un moment à nos peines,
Et sur les bords des bois et des fontaines,
Exhalons l'âme en sublimes concerts.

Voyez l'agneau tressaillir dans la plaine,
Le fier taureau faire voler l'arène,
Et les ramiers s'ébattre dans les airs;
Voyez les prés, les vergers, les bocages,

Renouveler leurs fleurs et leurs rameaux,
S'épanouir en riants paysages,
Et de leur grâce embellir les hameaux.

L'écho frémit de colline en colline :
Prêtons l'oreille aux flûtes des pasteurs,
Et sur le fleuve où le saule s'incline,
Suivons des yeux la barque des pêcheurs.

Mais le soleil va finir sa carrière ;
Des champs déjà reviennent les troupeaux ;
Ami, guidons nos pas vers la chaumière.

Adieu, vallons! adieu, bois et coteaux !
Quelle fraîcheur! quel air pur m'environne !
Autour de moi l'insecte ailé bourdonne,
Le vent s'endort : tout invite au repos.

Je te bénis, ô Dieu de la nature,
Toi dont le souffle écarte les hivers,
Toi dont la main nourrit la créature,
Et le regard embellit l'univers !

———————

VERS A MADAME DE CONILHY,

A l'occasion d'un ornement noir qu'elle m'avait prié de bénir.

Voici votre ornement, Madame ;
De Beauval il me vint païen,
Et presque digne de la flamme ;
Je vous le remets bon chrétien.
Comme l'Église le commande,
Et pour remplir votre demande,
Ma main l'a béni bel et bien ;
Mais trente ans passeront, j'espère,
Qu'il ne servira pas pour vous :
Car, certes, la mort avec nous
Se ferait fort mauvaise affaire
En vous dévouant à ses coups.
Que d'infortunés dans les larmes,
Pour adoucir de leurs alarmes
Les amertumes et le fiel,
N'auraient plus une main propice ;
Et dans le fond de leur calice
Cherchant en vain un peu de miel,

Maudiraient jusqu'à l'espérance,
Et dans l'excès de leur souffrance,
Accuseraient même le ciel !

Beauval, au site pittoresque,
Au style pur, au front mauresque,
Perdrait son charme et ses couleurs ;
En vain sur la nature entière
Versant la vie et la lumière,
Semant la verdure et les fleurs,
Le printemps au divin sourire
Viendrait reprendre son empire,
Beauval n'aurait plus de printemps ;
Pour lui le souffle du zéphire
Ne ferait pas fuir les autans.

Cependant, qu'elle soit ravie
Plus tôt, plus tard, enfin la vie
Va se perdre dans le tombeau.
Mais des beaux jours qui la couronnent
Le dernier jour est le plus beau :
Quand les œuvres nous environnent,
Nos vertus devant Dieu rayonnent,
Et pour nous élèvent la voix.

Or, Madame, c'est votre histoire.

Donner, prier, aimer et croire,

Sans murmure porter la croix,

Les brisements du cœur parfois,

Renoncer à la vaine gloire,

Fuir les plaisirs et leurs appas,

C'est votre fait. Le purgatoire

Pourra-t-il être votre cas

Un seul jour après le trépas?

Comment donc la chasuble noire

Servira-t-elle à votre bien?

Sans mentir, je n'en sais trop rien.

Cependant, l'humaine nature,

Même dans un être parfait,

Peut-elle être parfaite et pure?

Une tache au soleil paraît.

Si l'on prend une longue-vue

Pour interroger l'étendue

De votre vie en tout son cours,

Que voit-on? Quelques peccadilles:

Un trait malin dans un discours,

Un dépit contre jeunes filles

Toujours aimant la liberté,

Un soupir lorsque les charmilles
Se meurent aux feux de l'été.
Mais qu'est-ce cela? Bagatelles......

On pourrait peut-être au boston
Trouver fautes moins vénielles,
Lorsque, bénin comme un mouton,
Par nature et par caractère,
M***, mon ex-vicaire,
Sous le fouet de vos mots taquins,
S'élevait comme par gradins
Au ton bruyant, atrabilaire,
Simulant presque la colère,
Même au dire des moins malins.

Mais où du ciel tonnera l'ire,
C'est le grand forfait de Zémire,
Forfait exécrable, inoui...
Manger un chien par jalousie,
Un chien à peine épanoui,
Beau d'oreilles, mignon, joli,
Un chien enfin de fantaisie,
Son prochain, son frère! eh bien! oui!
Y joindre encor l'hypocrisie!

Venir, d'un air de dom mitis,
Baisant les pas de sa maîtresse,
Faisant maint tour, mainte caresse,
Fascinant même d'un souris
Le pauvre naïf de tendresse ;
Et quand on a tourné les yeux,
Sans lui laiser faire d'adieux,
L'engloutir d'une seule haleine,
Comme autrefois dame baleine,
Dans ses flancs larges, spacieux,
Engloutit Jonas le prophète !
Quel monstre ! Au moins, triste, muette,
Sous le poids d'un cuisant remords,
Zémire s'éloigne, inquiète,
Pour pleurer son crime et le mort ?
Point : rebondie et satisfaite,
La bouche encor pleine de sang,
Elle part, comme d'une fête
S'éloigne un convive innocent.

Voilà votre crime, Madame,
Car des siens chacun répondra :
Zémire, antropophage infâme,
Zémire, un jour vous maudira.

— Quelle coupable complaisance
A nourri ces atroces mœurs?
Quel fol amour! quelle indulgencé!
Dieu le sait. Voulez-vous, Madame,
Pour ce fait allégir votre âme?
Donnez mille écus pour nos sœurs :
Nos sœurs pour vous diront matines,
Et des voix pures, enfantines,
Matin et soir priant pour vous,
Du ciel fléchiront le courroux.
Le remède est sûr; sur ma tête,
J'en réponds : payez votre dette.

LA PIE ET LE CHARDONNERET.

Fable.

Sur le seuil d'un temple rustique,
Près de l'étroit enclos du presbytère antique,
Un grand et beau tilleul élevait ses rameaux.

Un jeune prunelier, sous son épais ombrage ,
Croissait , arrondissant en coupe un vert feuillage ,
Qu'effleuraient de leurs mains les enfants des hameaux.

Au sommet du tilleul superbe ,
Une pie orgueilleuse avait posé son nid.
Les vents le balançaient près du clocher béni ,
Pendant que l'arbrisseau, presque au niveau de l'herbe,
D'un doux chardonneret recélait les petits.

La dame au corset noir, à l'aile noire et blanche ,
Disait : Dormez en paix , mes enfants , cette branche
Défira les efforts des écoliers maudits.

La pie avait mal fait son compte :
Son nid fut découvert et sa ruine prompte :
Deux marmots , vifs , légers , impatients , hardis ,
Soit amour du péril , soit plaisir de mal faire ,
Un soir, sur l'arbre séculaire
S'élancent , et malgré sa douleur et ses cris ,
Emportent ses enfants chéris.

Près de là cependant tout devenait prospère
A la famille éclose au sein du prunelier :

Les regards du pasteur, les doux soins du vicaire,
Des rameaux de l'arbuste écartaient l'écolier.
D'abord un mol duvet, puis les plumes couvrirent
Du doux chardonneret les tendres nourrissons ;
Puis leurs ailes au vent, plus fortes s'entr'ouvrirent,
Et le tilleul muet écouta leurs chansons.

> Précaution et défiance
> Toujours ne sont pas sûreté ;
> Doux abandon et confiance
> Toujours ne sont témérité.

LE PAPILLON ET L'ENFANT.

Fable.

-><-

Sur un léger gramen, aux bords d'une prairie,
L'aile ouverte au zéphir, un papillon dormait.
Pour cueillir cette fleur dont l'éclat le charmait,
Un enfant court joyeux vers la tige fleurie :

Elle s'ouvre, s'envole, et l'enfant ébahi
Voit l'insecte brillant scintiller dans l'espace.

Que de fleurs ici-bas dont l'homme est ébloui !
Il vole, étend la main, et le bonheur s'efface.

ÉGLOGUE RELIGIEUSE.

(La scène est dans la vallée qui borde la route de
Paris à Bordeaux , à deux lieues de cette dernière
ville , vers les premiers jours de septembre 1826.
L'éloge de Messeigneurs Daviau et de Cheverus en
sont le sujet. Léon et Paulin sont deux élèves du
petit Séminaire.)

PAULIN.

Cher Léon , des hauteurs de ma verte colline ,
Je t'ai vu près du bois qui vers le nord s'incline ,
Rêveur, tenant en main la Bible ou Fénelon ,
Suivre l'étroit sentier qui conduit au vallon.
Ton ami vient t'y joindre : en cet heureux asile
J'ai souvent oublié les ennuis de la ville ,
Et goûté les douceurs d'un utile repos.
Entends-tu les soupirs des vents dans les rameaux ?

Le murmure de l'onde et les chants du village?
Mais d'où vient cet air triste et ce sombre visage?....
Léon est solennel.

LÉON.

Eh quoi! mon cher Paulin,
Notre malheur commun je l'oublîrais soudain?
Il n'est plus, ce prélat dont les soins, la sagesse,
Au devoir, au bonheur formaient notre jeunesse;
Ce prélat que les rois, les peuples vénéraient,
Ce père, cet ami que nos cœurs adoraient,
Il n'est plus, et Paulin de ma douleur s'étonne?
A peine encor de fleurs sa tombe se couronne,
Et quelques jours auraient épuisé mes regrets!
Bosquet silencieux, coteaux, réduits secrets,
Vallons où s'écoulaient les jours de mes vacances,
En vain vous m'invitez aux douces jouissances,
Vous étalez en vain vos champêtres appas:
Le pontife n'est plus! Oui, depuis son trépas,
L'onde de vos ruisseaux plus tristement murmure;
Le jour brille à mes yeux d'une clarté moins pure;
Nos cantiques sacrés ont moins de majesté,
Et le champ du Seigneur moins de fécondité.

PAULIN.

Léon, Paulin est loin d'accuser ta tristesse !

LÉON.

Ah ! Paulin, quelle vie ! Aux jours de la jeunesse
Il foule aux pieds le monde, et loin, loin des mortels,
Il se fait oublier à l'ombre des autels.
Vienne voit son pontife et tressaille de joie ;
Mais il doit s'exiler : le Valais, la Savoie,
Admirent tour à tour cet ange du Seigneur :
Telle, aux jours du printemps, une odorante fleur,
De sa tige arrachée et jouet de l'orage,
Va porter ses parfums sur un lointain rivage,
L'éternelle cité l'a reçu dans son sein ;
Rome et son digne chef l'ont surnommé le saint.
Il quitte Rome, il part, lorsqu'encor la tempête
Désolait la patrie et menaçait sa tête.
Vienne, Die et Viviers, et le peuple voisin,
Reçoivent les secours de son zèle divin,
Et les enfants des monts ont part à sa tendresse.

PAULIN.

Nous l'avons vu nous-même, aux jours de la vieillesse,
Parcourir, visiter nos villes, nos hameaux,
Et de l'épiscopat remplir tous les travaux.
Ferme avec complaisance, avec douceur sévère,
Nuit et jour il veillait autour du sanctuaire ;
Ses œuvres, ses vertus réjouissaient Sion.

LÉON.

Et nous, tendres objets de son affection,
Nous croissions à l'abri de sa main paternelle.
Oh ! que j'aimais ce jour de fête solennelle,
Où quittant ses travaux pour nos jeux innocents,
Il venait de ses mains couronner ses enfants.
Quel regard noble et doux ! quelle céleste flamme !
Comme son front peignait le calme de son âme !
Encore sur la terre il était dans les cieux.

PAULIN.

Léon, il était saint : les faits prodigieux

D'une grande vertu sont la preuve éclatante.

D'un long mal consumée, une jeune parente
Descendait tristement dans la nuit du tombeau ;
Le prélat de ses jours ralluma le flambeau.

Cher ami, parmi nous, au sein de Bordeaux même,
On en sait qui touchaient à leur moment suprême,
Et qui de son pouvoir implorant le secours,
Ont vu pour eux des ans se prolonger le cours.

Tant de pauvres nourris, ces vastes séminaires
Où des ministres saints croissent les pépinières,
Par son zèle fondés, soutenus de sa main,
Tout cela, n'est-ce point un prodige certain ?

LÉON.

Eglise de Bordeaux, qui séchera tes larmes ?
Quelle main t'a ravi ton éclat et tes charmes ?
Ton amour t'abusait : fière de ton pasteur,
Tu croyais loin encor le jour de ton malheur.
L'horizon semblait pur.... tremble ! voilà l'orage :
Contemple ce cercueil..... O mort ! c'est ton ouvrage !
Nous, lévites, pleurons ; pleure, jeune orphelin.

PAULIN.

Léon, pourquoi pleurer sans murmure et sans fin ?
L'homme passe ici-bas comme une ombre légère.
Ce monde est pour le juste une terre étrangère.
Le saint prélat suivait sa course avec effort,
Et son cœur aspirait aux délices du port.
La mort vient : au combat succède la victoire,
Et Dieu l'a couronné des splendeurs de la gloire.

LÉON.

Celui que nous pleurons règne heureux dans les cieux,
Mais il n'est plus pour nous.

PAULIN.

            Du séjour glorieux,
Cher Léon, il nous tend une main protectrice,
Et par lui, le Seigneur déjà nous est propice !
Il vient, il vient celui qui doit nous consoler :
Quel pontife ! nos vœux, ce choix doit les combler.
Oh ! si le saint vieillard jouissait de la vie,
Joyeux, il sortirait de sa ville chérie,

Comme autrefois Amand au devant de Delphin,
Pour quitter la houlette et la mettre en sa main.

LÉON.

Et quel est donc celui que Paulin nous annonce ?
Que ce nom désiré, ta bouche le prononce :
Parle, j'ignore encor d'où nous vient ce pasteur.

PAULIN.

Notre bonheur est grand : le ciel consolateur
Répare de Daviau la perte irréparable,
Et donne à notre Eglise un pontife admirable.
Jeune encor, plein de zèle, il traversa les mers,
Et prêcha l'Evangile au bout de l'univers.
Sa voix devint féconde, et sa douce éloquence,
Déconcertant l'erreur, éclairant l'ignorance,
Fit bénir, fit aimer le Dieu de vérité.
Gagné par ses vertus, sa douceur, sa bonté,
Tout un peuple l'entoure et le nomme son père.
Quels pleurs lorsqu'il quitta cette terre étrangère !
Des enfants, des vieillards l'innombrable concours,
Autour de lui se presse : il part, et pour toujours

Ils le voient s'éloigner pour des rives lointaines.

Orageux aquilons, retenez vos haleines ;

Mer, aplanis tes flots : d'un pontife adoré ,

A notre ardent amour rends le dépôt sacré.

Toi, cité que le Tarn en deux villes partage ,

De festons et de fleurs couronne ton rivage ,

Ouvre ton temple saint à ton nouveau pasteur ;

Mais pleure , il en est temps : heureux de ton malheur,

Bordeaux va posséder l'objet de ta tendresse.

LÉON.

Je prends part aux transports de ta vive allégresse ,

Paulin ; mais ce bonheur n'a-t-il rien d'incertain ?

PAULIN.

Léon, prête l'oreille au récit de Paulin.

A l'heure où les oiseaux suspendent leur ramage,

Hier même , cherchant la fraîcheur et l'ombrage,

Seul et pensif, j'arrive au pied de ce coteau ,

Où la route fait face au gothique château.

J'arrive : un étranger se présente à ma vue ;

Il contemplait ces lieux. J'approche : il me salue.

— Lévite, me dit-il, votre église est en deuil :

Son pontife est entré dans la nuit du cercueil.

Vous l'entouriez d'amour. — Bordeaux aimait un père.

Quel coup de foudre, ô ciel ! quelle douleur amère,

Quand l'aube, ramenant la lumière et le bruit,

Révéla le malheur de la fatale nuit ?

Que de vœux, de soupirs vers les cieux s'élevèrent !

Quel triste abattement quand les maux s'aggravèrent !

Il est mort ! Comme au sein d'un nuage brûlant,

La foudre après l'éclat se repose un moment,

Un moment tout se tait, et sur la ville immense

Plane avec la douleur un lugubre silence.

Mais bientôt on entend les pleurs et les sanglots :

Il est mort ! On accourt, on se presse à grands flots ;

Le pontife, le saint, on veut le voir encore ;

On touche ses habits ; on l'invoque, on l'honore ;

On s'éloigne, on revient, et le neuvième jour

Redouble encor les pleurs, les regrets et l'amour.

Tout s'émeut : les hameaux à la ville s'unissent ;

L'airain sacré frémit, les temples retentissent :

Le cortége est en marche et s'avance à pas lents.

Quelle morne douleur règne dans tous les rangs !

Le soleil même semble obscurcir sa lumière ;

Le silence, le chant, l'appareil funéraire,

Le char où sont portés les restes précieux ,
Tout fait naître dans l'âme un sentiment pieux.
Le cercueil rentre enfin dans l'enceinte du temple :
Avec quel saint transport la foule le contemple !
Le voilà dans la tombe ! Autour du monument
S'élève vers la voûte un long gémissement.
A l'étranger aussi je peignis nos alarmes ,
Mon cher Léon , nos vœux , nos regrets et nos larmes.
Il m'écouta longtemps. Enfin , d'un ton ému :
Votre bonheur, dit-il , vous est donc inconnu ?
Bordeaux , sèche tes pleurs : ton église si belle
Va bientôt resplendir d'une gloire nouvelle :
Un astre doux et pur se lève sur ton front ;
Bientôt de cris joyeux tes murs retentiront.
Notre espoir était vain : la sentence fatale
Enlève Cheverus à ma cité natale.
Quel deuil pour Montauban! par quels charmes vainqueurs
Il savait émouvoir et maîtriser les cœurs !
Lorsqu'il développait les saintes paraboles ,
Un céleste parfum embaumait ses paroles ;
La foi, l'amour divin enflammaient ses regards ,
Les larmes du bonheur coulaient de toutes parts.
Pour nos petits enfants tendre comme une mère ,
Tout vieillard à ses yeux avait les droits d'un père.

Avec quels soins pieux, avec quel art touchant
Il dorait l'horizon de leur pâle couchant !
Pour les infortunés, qui dira sa tendresse ?
La veuve, l'orphelin, l'étranger en détresse,
Trouvaient toujours leur pain sous le toit du pasteur,
Et le baume si doux d'un mot consolateur.
Quel zèle bienfaisant, lorsque, sur nos rivages,
Le Tarn de ses fureurs étendit les ravages !
Ma cité respira sur son sein paternel,
Et lui voua dès-lors un amour éternel.
Tel fut de l'inconnu le consolant langage ;
Et triste, il s'enfonça dans l'ombre du bocage.

LÉON.

Que ton récit m'a plu, cher Paulin ; dans mon cœur
J'ai senti par degrés s'endormir la douleur :
A mes regards déjà la nature est plus belle,
Le jour semble briller d'une clarté nouvelle.
Mais quand le verrons-nous ? O ciel ! hâte ce jour !
Nous l'environnerons de respect et d'amour ;
Nous serons ses enfants, il sera notre père.

PAULIN.

Il va luire à nos yeux, Léon, ce jour prospère,

Où Bordeaux du prélat contemplera les traits,
Et par un grand bonheur calmera ses regrets.
Qu'il sera beau ce jour, cher ami! quelle fête!
Cher pasteur, que de fleurs notre ville t'apprête!
Nous y serons, Paulin.

PAULIN.

Nous y serons : adieu,
Il faut nous éloigner de ce paisible lieu :
La nuit vient.

LÉON.

Je le vois, déjà le jour s'incline;
L'ombre, en s'agrandissant, tombe de la colline,
Et la brise du soir agite le vallon.
Adieu, mon cher Paulin.

PAULIN.

Adieu, mon cher Léon.

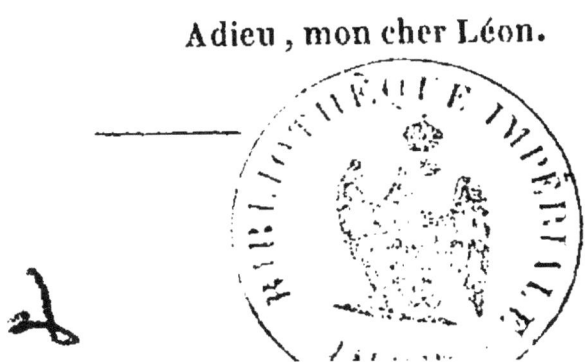